Rémi roulant

Gwendolyn Hooks

Illustrations de Renee Andriani

Texte français de Mireille Messier

Éditions
SCHOLASTIC

Catalogage avant publication de Bibliothèque et Archives Canada

Hooks, Gwendolyn
Rémi roulant / Gwendolyn Hooks;
illustrations de Renée Andriani;
texte français de Mireille Messier.

(Je veux lire)
Traduction de : Nice Wheels.
Pour les 3-6 ans.
ISBN-13: 978-0-439-94282-9
ISBN-10: 0-439-94282-9

I. Andriani, Renée II. Messier, Mireille, 1971- III. Titre.
IV. Collection: Je veux lire (Toronto, Ont.)
PZ23.H655 Re 2007   j813'.6   C2006-905671-4

Édition publiée par les Éditions Scholastic, 604, rue King Ouest, Toronto (Ontario) M5V 1E1.

6 5 4 3 2   Imprimé au Canada   08 09 10 11 12

FSC
Sources Mixtes
Groupe de produits issu de forêts
bien gérées, de sources contrôlées
et de bois ou fibres recyclés.
Cert no. SGS-COC-003098
www.fsc.org
© 1996 Forest Stewardship Council

Note à l'intention des parents et des enseignants

Dès que l'enfant sait reconnaître les 44 mots utilisés
pour raconter cette histoire, il peut lire le livre en entier.
Ces 44 mots apparaissent tout au long de l'histoire pour que
les jeunes lecteurs puissent facilement les retrouver
et comprendre leur signification.

ami	dans	lisons	pas
amis	de	livre	peint
art	déplace	lui	peut
aujourd'hui	dîner	ma	plusieurs
aussi	est	mangeons	que
ce	faire	moi	rit
certain	fait	musique	roulant
chante	fauteuil	notre	se
classe	il	nous	son
comme	je	nouveau	suis
cours	le	partage	un

Rémi est un nouveau dans ma classe.

Il se déplace en fauteuil roulant.

Peut-il faire comme nous?

Je ne suis pas certain.

Dans le cours de musique,

Rémi chante, lui aussi.

Dans le cours d'art,

Rémi peint, lui aussi.

Nous lisons un livre.

Rémi rit, lui aussi.

Nous mangeons
notre dîner.

Rémi partage, lui aussi.

Rémi s'est fait plusieurs amis, aujourd'hui.

Je suis son ami, moi aussi!

JE VEUX LIRE